그리움
간직하고

김문한 시집

초판 발행 2015년 5월 1일
지은이 김문한
펴낸이 안창현 **펴낸곳** 코드미디어
북 디자인 Micky Ahn
교정 교열 성건우. 최윤성
등록 2001년 3월 7일
등록번호 제 25100−2001−5호
주소 서울시 은평구 갈현1동 419−19 1층
전화 02−6326−1402 **팩스** 02−388−1302
전자우편 codmedia@codmedia.com

ISBN 979−11−86104−10−1 03810

정가 10,000원

그리움
간직하고

김문한 시집

시인의 말

시를 쓰면서 한 포기의 들꽃일망정 헤아릴 수 없는 많은 고초를 겪고 피었다는 것을 알게 되었습니다.

이런 사실을 깨닫고 보니 시는 은연중 나의 외로움을 달래는 벗이 되고, 나를 기쁨으로 인도하는 잠언이 되었습니다. 그리고 어려움을 이겨내는 것이 참 아름다움이며, 이 세상에 존재하는 사물은 모두 선하고 무엇인가의 교훈을 주고 있다는 것을 알게 되었습니다.

이런 생각을 바탕으로 한편한편 시를 쓰다 보니 두 번째 시집을 내게 되었습니다. 아직은 푸른 사과이지만, 그래도 공학을 공부한 내가 늦게나마 시를 쓸 수 있게 되었다는 것이 여간 기쁜 것이 아닙니다.

2015년 5월 어느날
김문한

contents

01

그 날 밤의 별

02

꽃은 져야 꽃이다

contents

04

이 세상이 낙원이다

1

그날
밤의 별

뿌리

해와 달과 별도 없는
캄캄한 세상
나무를 나무답게 하려고
어둠의 자락 더듬고
흙의 무게 견딘다

바람에 튼튼
열매 맺게 하려고
바위 비켜가고
돌은 비집고
땅속 깊이 뻗어나간다

자랑 모른 채
보이지 않는 곳에서
오직 묵묵하게 일만 하는 뿌리
어머니 생각에
눈시울 뜨거워진다.

진주

모래알 하나 입속으로
참기 어려운 고통

낮에는 햇살
밤에는 별빛으로
상처 씻으려 했지만
진땀만 범벅

미움도 사랑인가
고통 속에 자란다

나는 조개의 눈물
조개의 양자
아픈 마음 디디고 태어난 진주

개나리꽃

쌀쌀한 꽃샘바람에
나비도 찾아오지 않는데
남에게 뒤질세라
푸른 옷도 입지 않고
성큼 앞뜰에 들어선
봄의 선두주자, 개나리
숨 가쁘게 달려온
가냘픈 가지마다
노오랗게 봄 알리는
화사한 너의 미소
무심한 세상 따뜻하다.

내가 시를 쓰는 것은

소나기 오는 세상
비 피하려 허둥대던
나를 버리고
쫓기던 마음에 무지개

지난 날 무거웠던
옷 벗어버리고
꽃 피고 지는 소리 들으며
삶에 지친 영혼에
하늘의 기쁨 심기 위해서다

버리기엔 아깝고
소리 없이 떠나기엔
쓸쓸한 인생
시詩만은 남기고 싶어
오늘 밤도 영혼의 뼈 깎으며
시어의 짝 맞추고 있다

꿈

꿈 찾아 나섰다
이 길이겠지
가다보면 막히고
저 길인가 하면 아니고
방황할 때
꿈이 미웠지만
언제나 꿈을 사랑했다
꿈 위해 나 바치려 했고
나 위해 꿈 버릴 수 없어
우직하게
고독을 벗 삼아 걸었다
시간은 사라져가고
생은 시들어 가는데
꿈 보이지 않는다
기죽지 말자
기어이 찾을 수 있으리니
오늘도 꿈 찾아 걷고 있다.

작아 보이던 나

고향 가는 밤기차에서 만난 친구
그간 부모님 고생 많았지
이번에 서울로 모실 작정이야
소주잔 연달아 나에게 돌렸다

봉천답奉天畓에 물 대려면
비가 와야 하는데
연방 담배 피우며 하늘 바라보시고
물꼬 대느라
밤새우시던 가난한 아버지

기쁜 소식 없이
부모님 찾아가는 마음 무겁기만 하다
술 취한 친구 잠들었고
자식 노릇 하겠다는 그는 크게 보이는데
나는 왜 이리 작아 보이는지

글썽이는 눈앞에
고추 따시던 어머니
나를 보고 '애아'하며 달려오고 있었다.

기다림

네가 올 것 같아
대문 열어놓고 기다렸지만
그리움만 가슴 위로 지나간다
공부하러 서울 간 친구 부러워하며
별을 바라보고
눈물 흘리던 네 모습 왜 이리 가슴 아픈지
가난이 원수라고 탄식하는 나에게
어머니 걱정 마세요
뜻이 있는 곳에 길이 있다고
나라 위해 일하겠다며
겁에 질린 나를 안심시키고
된장국에 보리밥 맛있게 먹고
떠나던 날은 부슬비까지 내렸다
장교가 되면 당당한 모습으로
어머니 뵈러 휴가 올 것이라고
기쁜 소식 전해왔는데
6·25전쟁으로 전쟁터에 갔다는 소문만
아직도 소식 없구나
방에는 너의 친구
영어책이 쓸쓸히 기다리고

뒤뜰에는 좋아하던 봉선화도 피었는데
정작 너는 보이지 않는다
왜 이리 서러워지는지
삶이란 그리움, 그리움이 삶인가
오늘도 은하수가 흘리는 눈물을 보며
행여나 바람 타고 올까
목을 빼고 너를 기다리고 있다

그 날 밤의 별

캄캄한 밤
집으로 가는
교정 길은 미끄럽고
추위에 떨고 있는
봄을 기다리는 앙상한 가로수
길잡이 되었다
방학도 없이
밤늦게까지
하나라도 더 배우려는
펜 잡은 잉어의 눈동자
세상만사는 꿈이 있기에
참고 견딜 수 있구나
기도하는 얼굴에 눈물 흐르고
그날 밤의 별
더듬더듬 걸어가는
내 발 비추어 주고 있었다.

건방진 놈이 되자

아직도 쌀쌀해서
음지의 눈 녹지 않았는데
빨리 봄 알리려

앙상한 맨몸으로
꽃망울 터트리는 목련꽃
눈치 없이
앞서 간다고
건방지다 욕하지 말라

나날이 발전하는 이 세상
힘들어도
욕먹어도 남보다 먼저
고난의 길 찾아
봄 알리는
건방진 놈이 되어야지

소라의 꿈

나의 고향은 푸른 바다
두려움 모르나
험한 파도 이겨내야 하는 고독
사랑이 그립다
썰물 되던 어느 날
끝없이 펼쳐진 모래밭에 뒹굴며
머리 위 파란 하늘
흐르는 흰 구름 바라보고
저 너머가 천국인가?
태양이 수평선 너머로 얼굴 숨길 때
물 위에 비치는 아름다운 노을
어두워지는 밤하늘에
별들 하나 둘 모여들어
축제 벌어지는데
새처럼 날아가
아름다운 공주 만나고 싶은
소라의 꿈
파도소리에 밤은 깊어간다

그리움 간직하고

즐겁기만 하다
철이 들어
선한 일 해야 한다고
불태우던 시절도
어느새 지나가고
구부정한 몸에
검버섯 훈장 달고 있다
뜰에 앉아 저녁놀 바라보니
물든 구름 속에
걸어온 발자취
보고 싶은 그림자 아롱거린다
인생은 어차피 혼자라지만
왜 이리 서글퍼지는지
심었던 씨앗이 자라
비바람에 견디고 꽃 피워
열매 맺으면 떠나는 것이
자연의 순리
서러워 말자 떠날 채비 해야지
그리움 간직하고

저수지

개망초꽃 피어 있는 둑을 걷다가
저수지를 바라보니
흰 구름이 떠 있고
나무들이 잠겨 있는 모습 평화롭다
이따금 물고기 얼굴 내밀고
물가에 흰 수련꽃 피어 있다
무심코 돌멩이 하나 던지니
저수지가 웃는다
웃는 모습 속에 걸어온
흔적이 떠오른다
흐린 물속에서
어떻게 살아가나 불평하며
꽃을 피울 수 없다고
구름과 나무도 외면할 것이라 비관했는데
저수지는 돌에 맞아도 웃고
세상일 기쁨으로 맞이하며
언젠가는 큰일 할 것이라는
푸른 꿈에 서려 있다
늘 남만 못하다고
자족하지 못하는 나에게
저수지는 촛불 하나 밝혀준다.

늦뜨고 자다

시곗바늘은 쉬지 않고
한밤을 달려가고
큰 뜻 이루려
야무지게 세운 계획
거기까지 아직 멀었는데
졸음이 온다
자면 안 된다고
눈을 부릅떴지만 꾸벅
돋보기안경 벗겨져
정신 차리고 책장 넘기니
글자와 단어는 어디로 가고
낯선 그림자만 어른거릴 뿐
이름도 알 수 없는 숲 속으로
자꾸만 들어가고 있다

어느 농부의 기도

외딴집의 농부
정성 들여 땅 일구고
물이 잘 빠지도록 두둑 만들어
흙에 나뭇재 섞은 후
씨감자 심는다

그늘지지 않도록
주변의 잡풀 베어내고
움튼 새싹 다칠세라
비가 오면 비막이
바람 불면 바람막이 되어
흐르는 땀으로 감자는 자라고

때가 되어
밭두둑을 허무니
탐스런 감자 우수수 쏟아져
웃음 머금은 농부
눈가에 이슬 맺히고
이 감자가 허기진 사람들의
양식될 것이라 기뻐한다

세월의 무게로
구부정해진 농부
피와 땀으로 키운 살붙이
세상의 따가운 햇살에
푸른 감자 되지 않기를
저녁노을 바라보며 기도하고 있다.

나그네 길

바람이 분다
하늘에 먹구름
별 하나 보이지 않고

앙상한 나뭇가지
울어대는 소리
발걸음 무겁게 한다

음산한 길에
다시 바람 불어대고
가도 가도 별이
보이지 않는다 해도

주저앉지 말자
아프지 않는 길이 어디 있느냐
눈물 없는 길이 어디 있느냐
내 몫의 생生 떠받치고 걸어야 한다
별이 보일 때까지

배롱나무 꽃*

율동공원에 있는 배롱나무
어제 폭풍에도
끄떡없이 붉은 꽃 피워

지나가는 사람
기쁨 주며
가지에 매달려
피고 지고, 지고 피며
백일 동안 불 밝히고 있다

뙤약볕에
기운이 쇠해지고
소낙비에 시달리면서
온 힘 다하여
꽃 등불 지키는 배롱나무 꽃
그늘 감추고 웃으시던
아버지 생각난다.

---

* 배롱나무 꽃 : 일명 나무 백일홍

봄비 내리면

앞마당의 얼음
소리 없이 사라지고

죽은 듯한 라일락
겨울잠에서
수줍게 인사
뒤뜰 잔디 젖어
초록의 환희 재촉하겠다

우울한 마음에
봄비 내리면
얼룩진 먼지 씻기어
잃었던 그리움 되살아나
푸른 꿈
꽃눈 되어 솟아나리.

잊을 수 없는 친구

여생은 고국에서
살겠다 말하던 네가
다시 못 올 나라에 가다니

물처럼 깨끗하고
얼음처럼 강했던 친구야
너와 나는 항상
철없는 어린아이였지
안개 속에
길 찾을 수 있을 것이라고
너는 내 눈물을
나는 네 눈물을 닦아주며
푸른 하늘보고 다짐했었다

만나면 헤어지는 것이 인생이라지만
너와의 이별 왜 이리 허전한지

잠들지 못하는 이 밤
창을 열고 밖을 보니
하현달빛 저편에
나를 보고 반기는 너의 모습 보인다

2

꽃은 져야
꽃이다

허수아비

비가 오면 비
바람 불면 바람 맞으며
곡식 지키는
허수아비 되자
허름한 옷차림이면 어떻고
못났으면 어떠냐
천둥번개에도 놀라지 말고
할 일 하면 그만이지

곡식 여물어 추수 끝나니
참새도 사라지고
세상에 지쳤는가
모자 벗겨지고
허리는 구부정
눈여겨보는 이 없는 외로움
고향 찾아 가야지
땀 흘린 세월 후회는 없다

꽃은 져야 꽃이다

햇살에 쬐이고
비바람에 흔들이며
힘든 고개 넘기고 핀 꽃
향내 나고
해맑은 얼굴
지친 사람
낙심한 사람에 기쁨 주며
일 마치면 미련 없이 떠난다
피고 지고, 지고 피는 것은 하늘의 법칙
조화造花를 보라
피고 지는 고통이 있느냐
향기가 있느냐
꽃이 진다는 것은
살아서 죽고
죽어서 산다는 약속이니
서러워 말라
꽃은 져야 꽃이다

조금씩

꽃의 성질도
어떻게 길러야 하는지 모르면서
꽃과 친해지고 싶어
꽃씨를 심었습니다

간밤에 소나기 내려
빗물에 씻겨 내려가지 않았을까
불안하고 걱정했는데

아침에 보니
꽃씨 눈떠 얼굴 내민 모습
너무나 예쁘고 사랑스러워
우울했던 마음 사라지고
기분이 밝아졌습니다

비바람에 견디고
따가운 햇살에 견디고
세상 웃음소리에 견디며
꽃나무가 조금씩 자라나고 있으니

예쁜 꽃 활짝 피는 날
설레는 가슴 안고
손꼽아 기다리고 있습니다

울지 않았던 겨울

많은 사람이 돈 벌겠다고
도시로 떠나는데, 동생은
고향에도 기쁨이 있을 것이라고

어렵게 구한 암송아지
입에 젖꼭지 물리고
소똥 치우며 기뻐했다

겨울에 멀리서
볏단 트랙터*로 운반할 때
영하 십오 도의 새벽바람
창자 뒤틀리는 고통
눈물이 주르르
후회 원망이 손짓한다

눈앞에 일등으로 골인
쓰러지는 황영조 선수 어른거린다

나도 끝까지 가야 한다
마침내 울음 그치고

트랙터 핸들 더 힘껏 잡았던

그 겨울의 동생

---

* 트랙터는 도로교통법상 밤 12시 후에야 운전할 수 있었다

미련 없이 떠나야지

활짝 핀 벚꽃
보기만 해도
세상 걱정 사라진다

황홀한 꽃길
노래 소리 절로, 갑자기
살랑 바람에 몸 맡긴 꽃잎
눈송이 되어 휘날리네
슬퍼하지도
원망하지도 않고

기쁨이란
잠깐이구나
아름다움이 눈물
눈물이 아름다움이라는 것을
왜 몰랐는지

꽃 피우다
떨어져야 하는 인생
그래도 삶이 아름다웠다고

때가 되면 벚꽃처럼
미련 없이 떠나야지

좋은 시 쓰고 싶다

시를 쓰려고
밤새워 머리 짜내도
시다운 시 한 줄 쓰지 못하니
허탈하기만 하다
훌륭한 시인들의
깊은 시상에 감탄하고
그 상상력에 놀랄 뿐
시인이 되려면
타고나야 하는 것일까?
시 배운 지 얼마 된다고…
자문자답하면서
오늘도 은하수 강가
거니는 꿈꾸며
내 나이
낙엽처럼 쌓여가지만
좋은 시 쓸 수 있는 날
올 것이라는 생각에
어지러운 꿈 덮고 있다.

그 길

어제도 걸었고
내일도 걷고 싶은
시詩가 있는 길

철마다 다른 옷
다른 표정으로 다가오고
예쁜 시 손짓
만나 보라 하는데
보이는 듯 보이지 않고
들리는 듯 들리지 않아
헤매고 있다

넘어지면 일으켜 주고
낙심되면 보듬어 주는
그 님이 있기에
오늘도 두려움 없이
시詩 찾아 그 길 걷고 있다.

들꽃

호숫가 언덕
이름 모를 하얀 꽃
발걸음 멈추게 한다

간밤 소나기에
끄떡없이
피어 있는 들꽃
마음 사로잡는다

으뜸 되려는
욕심 버리고
비굴하거나
슬픈 기색 없이
웃고 있는 해맑은 얼굴

바람에 사르르 떠는
너의 영혼이
피곤한 내 마음
고향으로 달리게 한다.

변두리에 오니

세상 욕심 멀어지고
시간 다툼 사라져
봉선화 채송화
내 마음 등불 되고

썰물 자리
아쉬움 남아 있지만
풀냄새 널려 있는 이른 아침
까치소리 참새소리
허전한 마음 달래어준다

짝 찾는 풀벌레 소리
꽃피우려 애쓰고
웃으며 떠나는 꽃 지는 소리
이전에 느끼지 못한 기쁨
달빛 가득한
검버섯 훈장 달고 온 변두리
나를 다시 푸른 산 되게 한다

콩의 일생

어둔 땅 밀치고
나온 싹
꿈 가득하다

가뭄으로 시들시들
기다리던 비 흥건하게 내려
갓 눈뜬 열매 흐느끼고
사정없이 부는 바람
벌레 극성으로
어린 몸 눈물범벅이다

마음 흔들리는데
따뜻한 햇살
몸 어루만지고
열매도 살찌게
파란 하늘 아래
수확의 기쁨 맞이했다

고통, 사랑이
콩을 콩답게 하였구나

이제는 모습 바뀌어도 당당히
즐겨 찾는 음식 되리라

별을 보지 못하고 잠들다

-고 신종현 박사를 추모하며-

북극성이 되자던 그가
밤이 오기도 전에
안개 속에 사라졌다

먼저 된 자 나중 되고
나중 된 자 먼저 된다기에
온 힘 다하여 달렸지만
앞선 사람 보이지 않고

끝이 보일 듯한 길은
가도 가도 모래바람뿐
집념만으로는
선을 행할 수 없다고
탄식하는 그의 곁에

장미꽃 피어 있는 것도 모르고
별이 하늘에 뜬 것도 보지 못하고
책을 꼭 잡은 채 잠들었다.

자존심 따지지 않는 물

개울이 모인 강물
구비 구비 흘러
목마른 자 마시게
메마른 땅 푸르게

논밭보다 낮은데 고여
쓸쓸히 있다가
가뭄 들면 제 몸 바쳐
농작물 살리고

잡을 수 없지만
하나 되어 떨어지면
엄청난 힘 큰 일 한다

몸 낮추고
싫은 일, 궂은일 가리지 않고
좋은 일하면서
영원으로 걸음 옮기며
자존심 따지지 않는 물.

조이풀 아카데미

물기 없는 얼굴
인사할 때 웃음소리
하나같이 푸르다

늙을수록
마음 비우라 하였는데
설교 듣고
은혜로운 찬송 부를 때
비운 마음자리에
눈물 고인다

치매예방 강의
가슴 저려오는 듯
끄덕끄덕 흰머리 물결 일고
동아리시간
주름 가득한 얼굴
어린아이 된다

비바람 인생길
남은 삶 아름답게 이끄는

조이풀 아카데미*

늙은 학생들이

쉬었다 가는 오아시스이고

영혼 맑게 하는

감사한 징검다리이다

---

* 조이풀 아카데미(Joyful Academy) : 갈보리교회가 운영하는 70세이상
노인만 입학할 수 있는 대학

내 마음에

스프링클러를 달아
메말라 가는 초목에
골고루 물을 주어
푸르게 자라나게 하고
무성한 나무 되어
무더운 여름 쉴 수 있는 그늘
피곤한 나그네 위로하는
고운 새 찾아와 노래하고
밤에 별들 쉬었다 갈 수 있는
간이역 되게 하고 싶다
네가 있음으로 내가 있고
내가 있음으로 네가 있는 세상
어차피 빈손으로 돌아가야 할 몸
욕심 부려 무엇 하나
고여만 있으면 썩고
움직이지 않으면 녹 쓴다
베풀 것 베풀며 살아갈 때
작은 것 큰 기쁨 된다.

대나무

가냘픈 몸으로
폭풍에 쓰러지지 않는
대나무

단단한 뿌리
가새* 구실하는 마디
속 비워
휨㽛에 견디는 힘
크게 했다

세파에 바로 서려면
튼튼한 기초
군더더기 욕심 버리고
눈물 이겨내는 마디
많아야 한다
깨닫고 돌아서는데
아기 손 같은 댓잎
바람에 흔들리는 소리
신비롭다.

* 가새 : 수평력(바람, 지진 등)에 안전하게 하기 위하여 배치한 구조체

맹골도 앞바다

캄캄한 바다
엄마 부르는 애처로운 소리
내 마음 까맣게 타들어간다

희망의 기도 소리
자비를 호소하는 목탁 소리
비바람 몰아치는 항구에 주저앉아
너를 부르는 엄마의 피맺힌 소리조차
맹골도 앞바다* 듣지 못한다

바다 속 너의 공포가
나의 공포가 되어
꿈은 파도 속으로 사라지고
꽃피우지도 못한
너의 운명 왜 이리 서러운지

죽지 마, 죽으면 안 돼
사랑한다 내 딸아
사랑한다 내 아들아
넋 나간 부르짖음만

맹골도 앞바다에 메아리치고

---

* 맹골도 앞바다 : 여객선 세월호가 침몰한 곳

1월의 갈대

율동공원 호숫가
푸른 생 당당했던 갈대
부대낀 삶의 흔적 역력하다
잎은 갈색, 내려앉았고
마른 대공 끝에 아슬아슬하게 매달린
크고 작은 빛바랜 이삭
고개 숙인 높고 낮은 음표 되어
바람의 지휘로 슬프게
"비창" 교향곡 연주하고 있다
서글프다
뿌리는 얼음 속에 살아 있으니
죽은 것이 아니라고
흐느끼고 있는 갈대
그렇지, 산다는 것 너나 나나
소리 없이 울며 건너야 하는 징검다리
이 아픔 견디면
살아서 죽고 죽어서 사는 부활 있겠지.

단풍잎

봄이 어제 같은데
벌써 가을 되어 헤어지다니
이별이 서러워
나뭇잎은 피눈물 흘렸나보다

겨울나려면
살붙이 버려야 한다고
울다 지친 어미나무
색동옷으로 갈아입히고

선한 일 하다
소리 없이 가는 것이
아름다운 삶이라고
내년에 태어날 동생을 위해
미련 없이
어미나무와 헤어지는 단풍잎

한강대교

다리 아래
파란 한강이 흐르고
비가 오면 비
눈이 오면 눈
바람 불면 바람 맞으며
무게 떠받치고
많은 사람 오가도록
힘든 일 한다
세월이 흘러가고
강물이 흘러가고
사랑도 흘러가면 그것으로 그만
돌아오지 않는데
6·25의 아린 생각 간직하고
보고 들은 많은 이야기
말하지 않고
제자리 굳건히 지키며
희생을 희생으로 여기지 않는
무뚝뚝한 한강대교

3
그래도
생은
아름다워

그래도 생生은 아름다워

버스를 탔다
철들기 전까지 즐겁기만 했는데
차츰 세상을 알게 되니
몸도 마음도 흔들
어디로 가는지 불안해지고
밖을 보니
초목들이 푸르게 손짓
새들은 노래 부르며 하늘로
나도 푸르게 날고 싶어
버스에서 내려 길을 찾았다
새 삶으로 가는 길
그 위에 부는 바람이 차다
마음이 시려온다
눈물이 난다
돌에 차이고 가시에 찔려도
참고 견디며 걸었다
자존심 빳빳하게
기 한번 살려보지 못하고
어리석은 듯 살아왔지만
선을 행하려고

달리고 달려온 삶, 뒤돌아보니
잃은 것 보다 얻은 것이 많고
준 것 보다 받은 것이 많은
땀으로 얼룩진 길가엔
아름다운 꽃 피어 있다.

무지개 마을 찾아서

산을 넘고 넘어
무지개 마을 있다기에
고향 지키라는
아버지 뿌리치고
안개 긴 새벽에 길을 나섰다
한 고개 넘으면
또 한 고개 가로막아
가도 가도 보이지 않네
눈물이 노래 되리란 꿈 안고
앞만 보고 달려왔는데
무지개 마을은 어디 있는 것일까
고향 하늘 뒤돌아보며
아쉬워하는데
지금 밟고 있는 여기가
그곳이라고
까치가 낮은 음으로 노래한다.

황홀

어느덧 해 저물어
저녁놀 속에

가시덤불 헤치며 걸어온
발자취 아롱거린다

하고 싶고
주고 싶은 일 많은데
붉은 석양을 보니
나의 시간 많이 늙었구나

시작이 있으면 끝이 있고
끝이 있어야
새로운 시작이 있다지

아쉬워하지 말자
낙엽 지기 전에 고향 가야지
고운 추억 가슴에 안고

섬

낯선 사람들과
고기잡이 끝나

소주잔 채우고
모두 한 목소리로
'나가자'*
술잔 마주치며 건배했다

잔 속 내 얼굴
바다에 떠 있는 섬이라는 생각

헤어질 때
모른 척 모두 떠나도
외로워 말자

추위 이겨낸 들꽃을 보라
외로움이 삶, 삶이 외로움이니
거친 파도 참고 견디면 이 섬에도
꽃피는 봄날 찾아오리.

* 나가자 : 건배사. 나라를 위해서, 가정을 위해서, 자기를 위해서의 두문자.

목련화

푸른 옷도 입지 않은
목련나무 가지에
작은 꽃눈 뜨이고
흰 부리 내밀더니
기어이 속살 드러내
송이송이 하얀 천사
꽃 등불 되어
땅과 하늘 훤하게 밝히고 있다
꽃샘추위 이겨내고
봄 알리는 순결한 꽃
선구자 된다는 것
쉬운 일 아니기에
너의 모습
더욱 아름답다.

작별

과기대*에서
나무 가꾼지 어언 4년
발자국마다
기도가 있고 눈물이 있는
이곳 떠나려니
발이 떨어지지 않는다

너무나도 지쳐
별 보고 울었고
임들과 정 나누며
향수 달래기도 하였지
철부지 새싹들에게
꿈을 심어 주던
이곳은 나의 혼이 살아 있는
마음의 고향이다

새싹들이어
부디 큰 나무 되기를
정든 임들이여
큰 뜻 이루시기를

마음속 깊이 기원하며
내 마음 반은 떼어 놓고
아름다운 추억 간직하고
나는 갑니다

* 과기대 : 중국 연길시에 있는 연변과학기술대학

밤나무

율동공원 입구
산에 있는 밤나무
관상용 나무 아니고
재목용 나무도 아니다
과실용 나무라기에는
꽃도 열매도 예쁘지 않아
오직 꽃향기 뛰어나
벌에게 꿀 주고
꽃가루 받으며
가을에 알밤
짐승이나 사람의 먹거리 된다
모자라다는 뜻
외롭게 보이는데
자기만이 할 수 있는 일
감사하며
자연에 되돌리는
온전한 희생

그릇

식탁에 놓여 있는
밥 · 국 · 찬그릇

각각의 악기로 구성된
오케스트라 같기도

크다고 더 중요하고
작다고 덜 중요한 것이 아니라
악기마다의 소리가
제 몫을 다할 때
아름다운 교향곡이 되듯

크기만이 아니라
자기만이 꽃피울 수 있는
그릇이 되어야
풍요로운 식탁이 될 것이니

작은 그릇이 큰 그릇되고
큰 그릇이 작은 그릇되는 진리
깨닫게 한다.

그늘

유난이 더웠던 날
친구 만나러 가다
가로수 그늘에 쉬기도 하고
건물 그늘에 머물러 땀을 훔치다가
문득 그늘에
빚을 많이 지고 있다는 것을 알았다
새벽부터 저녁 늦게까지 일하시던 부모님
벌주고 눈물 흘리시던 스승님
찾으라, 그러면 찾으리라
용기주신 친구
삶의 길목마다
따가운 햇살 막아주는 그늘이었다
남의 그늘로
힘이 되던 위로
이제 나도 이웃에 도움이 될
그늘 되어야 한다.

우산이 되자

비 맞는 사람
우산이 되어
젖지 않게 받쳐주고

두 사람
우산대 같이 잡고
빗속 걸어가는 일
얼마나 다정한가

비 내리는 이 세상
비 소리 들으며
정다운 말 나눌 수 있는
바람에 뒤집히지 않는
우산이 되자

몽당연필

살 속 검은 뼈
하얀 밭에 씨앗 심는 일

끝 무뎌지면
살 깎아 키운 뼈
보이는 듯 보이지 않게
사라져 간다

짧아진 몸통
모양새 외로워

열매 맺게 하는 일
보람으로 여기는 몽당연필

옹달샘

깊은 산속
작고 오목한 샘
언제나 그 자리에 그 모습으로
넘치거나
가뭄에 마르지 않고
목마른 짐승 물 먹게 한다
봄 진달래
여름에 신록
가을 단풍 친구 되고
낮에는 새, 밤에는 풀벌레들
외로움 달래어준다
눈 쌓인 추운 겨울에도
송알송알 어머니 사랑 솟아내어
얼지 않는다
잠잠한 그리움
언제나 따뜻한 마음
가진 정 다 주고 싶어 하는
맑고 맑은 옹달샘.

호박꽃

체면보다
알차게 사는 것이
아름다운 일이겠지

밭두렁이면 어떻고
담장이면 어떠냐, 씩씩하게 자라
햇님이 좋아하고
달님, 별님도 좋아하는
노란 꽃 피워
꿀은 벌에게 주고
맛있는 호박 낳으면 그만이지

비바람 견디며 걸어온 길
얼마나 더 가야 할지 알 수 없지만
호박꽃이 꽃이냐고 비양해도
호박의 어머니라는
자긍심 잊지 말자.

가을 나그네

무더위 속
비바람, 햇살 맞으며
곡식 여물게 했다

추수 끝나니
세월에 지쳤나
푸르던 나뭇잎 물들고
하늘에 떠 있는 흰 구름
그리움 부르고 있다

나를 재촉하던
친구들 슬금슬금 멀어져
바빴던 발자취
터널 속으로 사라지는데
지난날 생각하면 무엇 하나

아쉬워하지 말자
기죽지 않는 바람처럼
노래 부르며
낙엽 지는 숲 속 넘고 넘어
고향 찾아 가야지

밤꽃과 벌

얼굴보다
마음이 착합니다

향기 좋고
꿀도 다른 꽃 못지않으니
사랑해주세요

잠시 스쳐갈지라도
향내 나는 그대의 벗이 되고 싶습니다

사랑하는 시간 짧아
헤어짐이 슬픔이 될지라도
서로 뜨거운 만남이었기에

당신이 심어준 씨앗
소중히 간직하여
낙엽 지는 가을
알밤 되어 기다리겠습니다.

함박눈 내린다

누가 올 것만 같은
으스름한 날씨

하늘에서
소리 없는 하얀 소리

어머니가
함박눈 되어 내려오신다

혼자 걸어가는 길
나를 감싸주는 푸근한 사랑

그리움 되어 내리네
얼굴에 닿아 눈물 되시네.

내가 떠나는 날

나의 마지막 날엔
혼자 떠나고 싶다

항상 멍에가 되던 고독과
꿈만은 같이하고
그 날에는
홀로 걸을 때
나를 감싸주던
함박눈 내렸으면 좋겠다

눈치 보며 살던 세상
더 이상 신세 지지 않고
소리 없이 내리는
함박눈 맞으며 떠나고 싶다

능소화

얼마나 보고 싶었을까
임의 얼굴
담장 타고 높게 뻗어 올라
다소곳이 피어 있는
주홍빛 능소화*

얼마나 듣고 싶었을까
임의 목소리
발자국 소리
귀 기울여 들으려고
나팔 모양으로 되었네

칠월의 햇살
아랑곳하지 않고
임 기다리다 지쳐
땅에 떨어진 너의 모습
못 다한 사랑
한숨 지며 울고 있네

---

* 능소화 : 소화라는 처녀가 빈이 되었지만 임금님이 변심하여 찾지 않았다.
임금님을 기다리다 생을 마친 빈의 유언에 따라 임금님이 다니시는 담 밑에
시신을 묻었는데 거기서 소화의 혼이 예쁜 꽃이 되었다는 전설의 꽃

밤길 밝혀주는 달빛

오직 나를 담보하고
웃는 소리
부르는 소리 못 들은 채
임 찾아 나섰다
피고 지는 꽃들과 친해보지도
노래하는 새들과
벌레 소리에 화답하지도 못하고
차 타고 가는 사람 부러워하며
신발 끈 단단히 메고 달렸다
저녁노을이
신발 속에 숨어들어 눈물이 되고
어둠의 술잔으로 비틀거릴 때
모래바람 속 지나며
임아, 울부짖는 소리 메아리로 돌아올 뿐
내 생生은 이렇게 끝나는구나
시간은 시들어 가고
허탈하기만 한데
밤길 밝혀주는 달빛
아직 마침표 찍지 마라 한다.

4

이 세상이
낙원이다

아직도

시를 배우고 있지만
아직도 시가 무엇인지 모르고
이미지로 말하라는데
지난날 타성으로
아직도 그 버릇 고치지 못하고
설명하려 한다
'마음'*이란 시가
나를 감동시켜
삶의 디딤돌 된 것 잊을 수 없어
아직도 정신적으로 견딜 만해
시를 공부한 것인데
이름 있는 작가들의 시 안에 숨겨져 있는
깊고 깊은 시상에 탄복되고
그 상상력에 놀라울 뿐
내 시가 시다우려면 아직도 멀었다
계절은 겨울이고
봄이 오려면 아직도 멀었는데
준비 없이 꽃피울 수 있나
아직도 내가 살아있으니
시다운 시 쓸 수 있는 날

빨리 왔으면

---
* 김광섭 시인의 시

잊으며 살자

왜 이리 생각이 나지 않지
속상해 하시던 아버지

내가 그 나이 되니
그 동안 같이 하던
용어用語
이름이 생각나지 않는다

어릴 때 일은
기억이 생생한데
어떻게 되었나, 불안해지기도

이 나이에
세상일 다 챙긴다면
마음이 무거워지겠지
잊으며 살자
자위하고 있는데

따스한 햇살이 같이 놀자고
창문을 노크한다.

먼지

책을 옮길 때
손에 먼지 묻었다

유리문이 달린 책장이라
먼지 들어갈 틈 없다 생각했고
보기에 깔끔하였는데

먼지 낀 것 모르고
그 안의 책 보화로 여겼으니
마음이 개운치 않다

나도 책과 같이
보기엔 멀쩡하나 알게 모르게
먼지 쌓여 있을 것 아닌가

털어내지 못한
내 안의 먼지 닦아내고 싶다

예쁜 눈 되자

높고 높은 하늘에서
눈이 소리 없이
신부 걸음으로 내려온다

이곳은 낯선 땅
어리둥절하고 있을 때
귀찮게 여기고 길을 쓸며
공연한 일 생겼다고
투정하는 소리에
잘못 왔다고 후회하고 있는데

오늘 같은 날에는
생각이 같은 친구와
따뜻한 커피 한잔 나누며
나뭇가지에
땅에 소리 없이 내리는
아름다운 모습 보며
하얀 기억 더듬고 싶다는
말 들었을 때

기쁜 마음 솟구쳐
더 예쁜 눈 되려고 했다

소쩍새야 울지 말라

별들 초롱초롱
개 짖는 소리만 들리는
캄캄한 밤
앞산 숲 속 소쩍새 울음소리
그리운 이 못 잊는 흐느낌인가

소쩍소쩍 피 맺힌 소리
그대 찾아 헤매는
영혼의 몸부림
너의 슬픈 눈물 생각하니
기막힌 사연 짐작이 간다

슬픔과 외로움은
살아 있는 모두가 겪어야 하는
이승의 삶이니
울지 말라 소쩍새야
눈물 닦아줄
찬란한 아침 곧 오리라

관악산을 떠나며

세상모른 채
오직 너의 품 안에서
비가 오나 눈이 오나
몸과 마음과 시간 바쳐
사랑하고, 사랑받은
정든 요람지
만나면 헤어져야 하고
시작이 있으면 끝이 있다지만
막상 떠나려 하니
왜 이리 허전해지는지
시곗바늘 되돌릴 수 없지만
관악산에
지워지지 않는 그림자 하나 남기고
나는 갑니다.

그리움

하늘에서
그리움이 손짓한다

떠나올 때
미쳐 말을 다하지 못한
사랑하는 사람의
얼굴 떠오르고

미처 인사를 나누지 못한
정든 임들의
웃음소리 들린다

안개 속 삶
생각만 해도 따뜻해지는
그리운 얼굴

세월이 흘러가도
마음에 뿌리내린 그리움
외로움 달래는 사랑이 된다.

잠에게

꿈길 따라 꽃도 보고
시냇물소리 들으려 했는데
반갑지 않은 손님 찾아와
종잡을 수 없는 세상 이야기
신경 칼날 만든다
낮과 밤이 있는데…
내가 지나친 욕심으로
너의 심기 건드렸나
미안하다
이제 세상 때 털어버리고
조용히 살고 싶으니
잠아
더 이상 나를 멀리하거나
숨지 말고
천사들이 노래하는
은하수 강가로 인도해다오.

너의 젖은 늘 잊을 수 없다

아버지는
새벽같이 여물 끓이고
여물통에 옮기면
고마워 고개 흔들고
큰 눈 껌벅이며 맛있게 먹었다
논갈이 앞장서 가는
걸음은 가벼웠고
무거운 쟁기 몸에 매달아도
가만히 고개 끄덕이며
이랴 하는 구령에 따라
온 힘 다하여
쟁기 밀고 앞으로 나아가고
워 워 하면 조용히 섰다
힘들어 침 흘리면서도
해찰하지 않고 일하는 소
아버지 담배 피는 동안
뙤약볕에 선 채 새김질하며
고된 삶 탓하지 않고
할 일 생각하는 순둥이
너의 젖은 눈
지금도 내 마음에 아른거린다.

낙엽

푸름으로
줄기와 가지 키우고
꽃 피우고
열매 맺게 하던 나뭇잎
곱게 물들어
마지막까지 멋진 일 하였는데
어미나무와 헤어지고
핏기조차 말라버린 낙엽 되어
길 모서리에 웅크리고 있는
너의 모습 왜 이리 쓸쓸한지
사는 것이 죽는 것이고
죽는 것이 사는 것이라 하지만
바람 불면
갈 곳 없어
끌려가고, 짓밟힐 때마다
소리 없이 우는 너의 소리
내 마음 적신다.

이 세상이 낙원이다

무덤에 들어가니
무엇을 먹을까 무엇을 입을까
걱정하지 않아도 되고
이 눈치 저 눈치 보지 않아 좋다

별들 속삭이는 캄캄한 밤
소쩍새 울음소리
그대 생각 저려오는데
한번 들어온 무덤
마음대로 나갈 수 없으니
그리움만 쌓여 간다

이곳에 들어오면
걱정 근심 없을 줄 알았는데
세상일 팽개치고 혼자 있다는 것
차마 이렇게 답답할 줄 몰랐다

솟구치는 울분으로
마음 상할 때도 있었지만
사랑의 등불 밝혀

시린 마음 달래주던 그대와
가난한 상 마주 앉던 세상이
그래도 낙원이었구나.

그림자야 우리 한잔하자

하고 많은 사람 중에
하필이면
내 그림자 되었느냐

떨고 있는 내 곁에
쪼그리고 있으면서
왜 말이 없니
추위에 지쳤느냐
불쌍한 나의 분신

불행과 친해지고
가난을 견디는 일도
삶의 여정에서 겪어야 할
잊을 수 없는 눈물 아니겠니

사랑하는 사람아
슬퍼하지 말아요
비구름 개이면
눈부신 햇살 비치리니

우리 한잔하며 태양아
어서 오라 외쳐봅시다.

아버지께 올리는 편지

아버지
세상은 많이 변하고 살기 좋아졌습니다
도시는 고층건물이 들어서고
정겨웠던 고향은
개발이라는 미명으로
아파트가 들어섰습니다
비가 오면 질퍽했던 좁은 길
넓은 아스팔트 길로 바뀌었고
자동차가 없는 집이 없으며
저도 자가용차로 출퇴근합니다
땅속에 기차가 다니고 있어
도로가 붐비면 지하철 탑니다
마트 식료품부에는
배추, 무, 파 등이 깨끗이 손질되어
투명한 랩으로 포장되고
뜨거운 물만 부으면 바로 먹을 수 있는
컵라면이 무진장 진열되어 있습니다
쌀은 남아돌아
아이들은 보릿고개라는 말 모르고
건강에 '쌀보다 좁쌀'이란 구호가 있는

가게 앞에, 비가 오지 않아
봉천답奉天畓에 조 심으시고
한숨지으시던 아버지 어른거려
눈시울 뜨거워져
기어이 발길 돌렸습니다

백두산에서

백두산을 장백산이라고
천지를 반으로 이쪽은 중국 땅
저쪽은 북한 땅으로 나누었다니 가슴 아프다
울창한 수목이 있는 야산을 지나
기어이 백두산 꼭지에 오르니 천지가 보인다
오천년 백의민족 혼이 서리어있고
천사만이 다녀간 뜻한 영험한 기운
하늘보다 파란 물 자긍심이 생기는데
왜 눈물 나는지, 애국가 절로 나온다
이따금 천지 위 하늘 나는 칼새들이
침묵을 흔들고 북한 땅으로 나라간다
옛날 이곳은 고구려 땅
지금은 한반도조차
남과 북으로 갈리어 있는 슬픈 현실
추위와 비바람에 시달린 푸석한 바위에 앉아
북한 땅 바라본다
백두산에 봄 찾아와 쌓여있는 눈 녹아
대동강을 거쳐 한강 낙동강으로
물 흐르는 날 생각하며,
그리움이 진정 아름다움이 되었으면…

그리운 강길원 박사

가난한 사람
눈물 씻어 주겠다고
메마른 들판에
물 주며 나무 가꾸었다

돌에 차이고
가시에 찔리며
추위에 시달릴 때마다
사랑의 모닥불 피워 놓고
구하라 그러면
주실 것이라 외쳤다

병실에 누워서도
진리의 말씀 사모하며
눈물 자욱 남기고
별나라로 간 네가 그리워

오늘도 나는
그 때 그 하늘 바라보며
너의 생각, 비에 젖는다

모아산에서

모아산* 입구에는
시베리아에서 불어오는
북풍에 시달리며
모진 추위 이겨낸
아름드리 소나무들이
굳건히 자리 지키고
소나무와 소나무 사이에서
늦가을 따스한 햇살이
오솔길을 밝게 비추고 있다
꼭지에 오르는 길에는
고향에서 만난 억새가
가을바람에 흐느끼고
멀리 해란강이 흐르는 들판
누런 벼 황금물결
가물가물 보이는 일송정
선구자의 노래 절로 나온다
이곳은 발해 땅
지금은 중국 땅
조국을 그리워하는
동포들의 비애 풀릴 날

언제 올 것인지, 하늘엔
흰 구름만 무심히 흘러간다

*모아산 : 중국 연길시에 인접한 산

작품해설

생명존재의 '무엇'이고 싶은 헌사

지연희 | 시인, 수필가

생명존재의 '무엇'이고 싶은 헌사

지연희(시인, 수필가)

　　김문한 시인의 시문학을 향한 혼신의 열정은 활화산의 뜨거움
이다. 첫 시집 「내 마음 봄날 되어」를 상재하고 두 번째 분신 「그리
움 간직하고」를 선보이는 오늘까지 어느 하루도 게으름 없는 창작
의지는 누구도 쉽지 않은 투혼의 몸짓이다. 85세 장년에 이르러
비로소 시문학의 참다운 생명의 호흡에 귀 기울이고 있는 시인의
모습을 뵙게 되면 저절로 고개를 숙이게 된다. 무릇 시는 인생비평
이라고 아놀드Matthew Arnold는 언급하고 있으나 누구 못지않은 인생
경륜을 섭렵하고 있음에도 오늘 시인은 진정한 생명존재의 위대
한 가치를 시를 통해 재발견하고 있다는 것이다. 김 시인은 대한민
국이 손꼽는 공학박사로 S대학교 교단에서 평생을 후학 양성에 투
신한 학자이다. 논리 정연한 지성으로 학문의 밭을 갈던 노교수가
지금은 누구도 감히 범접할 수 없는 시문학의 오묘한 감성의 밭을
경작하고 있다. 한 편 한 편 언어의 촉수를 다듬질하고 있는 김 시
인의 시는 남은 생에 남기고 싶은 생명의 씨앗 같은 목소리를 들
려준다. 마음 가난한 이들에게 겸허한 가슴으로 울려주는 '생명존
재의 무엇이고 싶은 헌사'이다.

바람에 튼튼
열매 맺게 하려고
바위 비켜가고
돌은 비집고
땅속 깊이 뻗어나간다

자랑 모른 채
보이지 않는 곳에서
오직 묵묵하게 일만 하는 뿌리
어머니 생각에
눈시울 뜨거워진다.

                   – 시「뿌리」중에서

소나기 오는 세상
비 피하려 허둥대던
나를 버리고
쫓기던 마음에 무지개

지난 날 무거웠던
옷 벗어버리고
꽃 피고 지는 소리 들으며
삶에 지친 영혼에
하늘의 기쁨 심기 위해서다

버리기엔 아깝고

소리 없이 떠나기엔
쓸쓸한 인생
시詩만은 남기고 싶어
오늘 밤도 영혼의 뼈 깎으며
시어의 짝 맞추고 있다
　　　 - 시「내가 시를 쓴다는 것은」전문

　위의 시「뿌리」는 뿌리가 나무를 키우기 위한 근원적 노력의 가치를 말하고 있다. 거룩한 희생의 모성이 빛나는 어머니처럼 '해와 달과 별도 없는' 캄캄한 절망의 세상 속에서 오직 하나의 염원으로 모습을 그려내고 있다. '나무를 나무답게 하려고/어둠의 자락 더듬고/흙의 무게 견딘다'는 것이다. 뿌리의 일념은 온갖 가난과 역경을 딛고 자식의 성공을 향한 어머니의 헌신이다. 바위를 비켜가고 돌을 비집고 땅속 깊이 뿌리를 내리는 어머니의 묵묵한 사랑을 이 시는 가감 없이 보여준다. 마침내 당신의 희생으로 키워진 '어머니' 생각에 눈시울이 뜨거워지는 장성한 자식의 회한이 묻어난다.

　시「내가 시를 쓴다는 것은」에서는 바로 시를 쓰는 까닭이 이런 이유 때문이라는 사실을 짚고 있다. 이 시는 어둠의 터널에서 빛을 만나는 경이로움처럼 환히 밝아오는 일곱 무지개의 영롱한 아름다움을 발견하는 기쁨이다. '소나기 오는 세상/비 피하려 허둥대던/나를 버리고/쫓기던 마음에 무지개'를 만나는 심정이다. '소나기 오는 세상'으로 비유된 피폐한 삶의 허둥거림을 꽃 피고 지는 순연하고 안온한 영혼의 깊이(하늘의 기쁨)로 순환시킨다. '소리 없이 떠나기엔/쓸쓸한 인생/시詩만은 남기고 싶어/오늘 밤도 영혼의 뼈 깎으며/시어의 짝 맞추고 있다'는 팔십 노시인의 아름다운 인생을 읽는다.

즐겁기만 하다
철이 들어
선한 일 해야 한다고
불태우던 시절도
어느새 지나가고
구부정한 몸에
검버섯 훈장 달고 있다
뜰에 앉아 저녁놀 바라보니
물든 구름 속에
걸어온 발자취
보고 싶은 그림자 아롱거린다
인생은 어차피 혼자라지만
왜 이리 서글퍼지는지
심었던 씨앗이 자라
비바람에 견디고 꽃 피워
열매 맺으면 떠나는 것이
자연의 순리
서러워 말자 떠날 채비 해야지
그리움 간직하고

－ 시 「그리움 간직하고」 전문

개망초꽃 피어 있는 둑을 걷다가
저수지를 바라보니
흰 구름이 떠 있고
나무들이 잠겨 있는 모습 평화롭다
이따금 물고기 얼굴 내밀고
물가에 흰 수련꽃 피어 있다
무심코 돌멩이 하나 던지니
저수지가 웃는다
웃는 모습 속에 걸어온
흔적이 떠오른다
            – 시「저수지」중에서

　시「그리움 간직하고」는 절대고독으로 무장된 인간의 단독자적
인 외로움, 쓸쓸함이 손끝에 묻어나는 시이다. 누군가 곁에 있어
도, 누군가 함께 있어도 떼어낼 수 없는 혼자 있음의 서글픔이 절
실하다. '철이 들어/선한 일 해야 한다고/불태우던 시절도/어느새
지나가고/구부정한 몸에/검버섯 훈장 달고 있다'는 누구나 걸어야
할 인생길에 놓인 수순을 이 시는 절실하게 그려낸다. '뜰에 앉아
저녁놀 바라보니/물든 구름 속에/걸어온 발자취/보고 싶은 그림
자 아롱거린다'는 그리움 하나, 영롱한 보석처럼 그림자로 걸려있
다. 지난 삶은 모두 다 아름다운 그리움이 된다. 걸어온 발자취에
묻은 그리움이 아름답게 반짝이고 있다. 그리고 이내 긍정하고 마
는 이 아름다운 인생길은 '자연의 순리'로 받아 내고 있다. '심었던
씨앗이 자라/비바람에 견디고 꽃 피워/열매 맺으면 떠나는 것이/

자연의 순리/서러워 말자 떠날 채비 해야지/그리움 간직하고'라 말하는 향기로운 순응이다.

'개망초꽃 피어 있는 둑을 걷다가/저수지를 바라보니/흰 구름이 떠 있고/나무들이 잠겨있는 모습 평화롭다'로 시작되는 시 「저수지」는 무심코 저수지에 던진 돌맹이 하나로 삶의 깨우침을 얻고 있다. '무심코 돌맹이 하나 던지니/저수지가 웃는다'는 것이다. 돌맹이로 얻어맞은 물결의 파문은 아픔이 아니라 웃음이 되어 '흐린 물속에서/어떻게 살아가나 불평하며/꽃을 피울 수 없다고/구름과 나무도 외면할 것이라' 비관하며 살아온 지난 삶을 돌아보게 한다. 어떤 아픔과 역경 속에서도 견디어 꽃을 피우는 긍정적 삶의 가치를 짚고 있는 이 시는 마침내 '돌에 맞아도 웃고/세상일 기쁨으로 맞이하며/언젠가는 큰일할 것이라는/푸른 꿈에 서려 있다'하며 저수지는 촛불 하나를 밝혀주고 있다. 늘 남만 못하다고 자족하지 못하는 나에게 바치는 헌사이다.

비가 오면 비
바람 불면 바람 맞으며
곡식 지키는
허수아비 되자
허름한 옷차림이면 어떻고
못났으면 어떠냐
천둥번개에도 놀라지 말고
할 일 하면 그만이지

곡식 여물어 추수 끝나니
참새도 사라지고
세상에 지쳤는가
모자 벗겨지고
허리는 구부정
눈여겨보는 이 없는 외로움
고향 찾아 가야지
땀 흘린 세월 후회는 없다
　　　　　　– 시 「허수아비」 전문

가냘픈 몸으로
폭풍에 쓰러지지 않는
대나무

단단한 뿌리
가새 구실하는 마디
속 비워
휨曲에 견디는 힘
크게 했다

세파에 바로 서려면
튼튼한 기초
군더더기 욕심 버리고
눈물 이겨내는 마디
많아야 한다

깨닫고 돌아서는데
아기 손 같은 댓잎
바람에 흔들리는 소리
신비롭다.
                    - 시「대나무」전문

　시인은 각기 자신의 빛깔을 지니고 있다. 그의 영혼으로부터 축
출된 거부할 수 없는 색감이다. 김문한 시인의 첫 시집과 오늘 두
번째 시집의 내연을 들여다보면서 느낄 수 있는 총괄적인 그림은
사과나무 한 그루에 매달린 튼실한 사과 열매 하나다. 시「허수아
비」,「대나무」,「몽당연필」등 많은 시들이 품고 있는 내력을 흩다 보
면 '무엇이고 싶은 헌사'가 아닐 수 없다. 자신을 내어주는 헌신으
로 이룩한 사막의 오아시스이며 어둠 속의 불빛이다. '비가 오면
비/바람 불면 바람 맞으며/곡식 지키는/허수아비 되자'고 하는 희
생이며 시간의 흐름과 순리로 이룩한 생의 모든 희로애락을 넘어
선 자족하는 모습이다. '허름한 옷차림이면 어떻고/못났으면 어떠
냐/천둥번개에도 놀라지 말고/할 일 하면 그만이지' 생명존재 가
치의 궁극적 목적이 무엇인지 눈뜨게 하는 깨우침이지 싶다.
　시「대나무」에 깃든 시인의 중심에는 가냘픈 몸으로 온갖 폭풍
을 딛고 일어서 한 송이 꽃을 피우는 아름다운 나무의 의지를 담
고 있다. '가냘픈 몸으로/폭풍에 쓰러지지 않는/대나무' 굳건한 생
의 의지로 나를 키우는 자존의 힘, 이는 생존의 의미이며 나아가
하나의 무엇이기를 갈구하는 아름다움이라 말할 수 있다. '단단한
뿌리/가새 구실하는 마디/속 비워/휨曲에 견디는 힘/크게 했다'는

뿌리의 의지는 어떤 희생 없이 이루어지는 성과는 없다는 사실을
말하고 있는 것이다. '세파에 바로 서려면/튼튼한 기초/군더더기
욕심 버리고/눈물 이겨내는 마디/많아야 한다/깨닫고 돌아서는
데/아기 손 같은 댓잎/바람에 흔들리는 소리/신비롭다'는 대숲의
교교한 노래를 역경을 이겨낸 나무의 화답으로 들려준다.

> 어느덧 해 저물어
> 저녁놀 속에
>
> 가시덤불 헤치며 걸어온
> 발자취 아롱거린다
>
> 하고 싶고
> 주고 싶은 일 많은데
> 붉은 석양을 보니
> 나의 시간 많이 늦었구나
>
> 시작이 있으면 끝이 있고
> 끝이 있어야
> 새로운 시작이 있다지
>
> 아쉬워하지 말자
> 낙엽 지기 전에 고향 가야지
> 고운 추억 가슴에 안고
>   - 시 「황혼」 전문

낯선 사람들과
고기잡이 끝나

소주잔 채우고
모두 한 목소리로
'나가자'
술잔 마주치며 건배했다

잔 속 내 얼굴
바다에 떠 있는 섬이라는 생각

헤어질 때
모른 척 모두 떠나도
외로워 말자

추위 이겨낸 들꽃을 보라
외로움이 삶, 삶이 외로움이니
거친 파도 참고 견디면 이 섬에도
꽃피는 봄날 찾아오리.

- 시 「섬」 전문

어스름 속에 묻은 노을빛의 의미 찾기가 시 「황혼」의 핵심적 메시지이다. 이제 '나의 시간이 많이 늙었구나'와 같은 화자의 인식은 어쩌면 활화산처럼 살아온 지난 시간에 대한 아쉬움이며, 남은 시간의 흐름에 순응하는 겸손이다. '시작이 있으면 끝이 있고/끝이 있어야/새로운 시작이 있다지' 시작과 끝을 잇고 있던 생존의 의미가 무한의 가치로 집약되는 이 시는 결국 귀소본능의 순연한 자세로 가다듬고 있는 시인의 심중을 읽게 된다. 낙엽이 지기 전에 고향에 가야 한다는 초연한 의지가 숙연하다. '가시덤불 헤치며 걸어온/발자취 아롱거리는' 지난 삶에 대한 미련이나 아쉬움 내려놓고 고운 추억 가슴에 안고 황혼을 건너고 싶은 의지가 보인다.

시 「섬」은 망망대해에 떠 있는 한 점 외로운 섬의 이미지에 한 사람의 고독이 클로즈업된다. 평생을 치유하고 치유해도 거침없이 스며드는 고독이라는 질병, 끝내 벗어날 수 없는 인간의 나약함을 이 시는 섬으로 사물화하고 있다. 화자는 낯선 사람들과 고기잡이(생업) 끝나 소주잔을 채우고 한목소리로 '나가자' 술잔 마주치며 건배도 했다. 그리고 술잔 속에 비친 자신의 얼굴에서 엄습해 오는 외로움이 화자의 섬이며 고독이다. '헤어질 때/모른 척 모두 떠나도/외로워 말자' 이 얼마나 서늘한 외로움인가. 하지만 시인은 다시금 마음을 추스른다. '추위 이겨낸 들꽃을 보라/외로움이 삶, 삶이 외로움이니/거친 파도 참고 견디면 이 섬에도/꽃피는 봄날 찾아오리'라고 한다. 어떤 어둠속에서도 빛으로 일어서는 시인의 영혼의 세계와 아름답게 만날 수 있는 기쁨이 인다.

> 살 속 검은 뼈
> 하얀 밭에 씨앗 심는 일
>
> 끝 무뎌지면

살 깎아 키운 뼈
보이는 듯 보이지 않게
사라져 간다

짧아진 몸통
모양새 외로워

열매 맺게 하는 일
보람으로 여기는 몽당연필
                    - 시 「몽당연필」 전문

무거운 쟁기 몸에 매달아도
가만히 고개 끄덕이며
이랴 하는 구령에 따라
온 힘 다하여
쟁기 밀고 앞으로 나아가고
워 워 하면 조용히 섰다
힘들어 침 흘리면서도
해찰하지 않고 일하는 소
아버지 담배 피는 동안
뙤약볕에 선 채 새김질하며
고된 삶 탓하지 않고
할 일 생각하는 순둥이
너의 젖은 눈
지금도 내 마음에 아른거린다
            - 시 「너의 젖은 눈 잊을 수 없다」 중에서

'살 속 검은 뼈(연필심)/하얀 밭(백지)에 씨앗(언어의 의미) 심는 일'에 투신하는 몽당연필의 삶을 만나게 된다. 하나의 사물에 지나지 않는 이 연필의 존재는 각박한 삶의 현장에서 생존의 의미를 찾기 위해 혼신으로 자신을 투신하는 모습이다. '끝 무뎌지면/살 깎아 키운 뼈/보이는 듯 보이지 않게/사라져 간다'는 그 어떤 절실한 보람을 위해 희생하는 선각자이며, 가족을 위해 밤낮의 노동도 불사하는 가장의 모습이며, 하루 종일 젖은 손을 말리지 못하는 어머니가 보인다. '짧아진 몸통'으로 상징되어진 고단함의 크기는 '씨앗'이라는 위대한 결실을 낳아 '열매 맺게 하는 일/보람으로 여기는 몽당연필'로 자신을 바수는 희생을 감내하고 있다. 몽당연필은 우리 곁 누군가 위대한 사람의 대리자이다.

시 「너의 젖은 눈 잊을 수 없다」는 고향 집 외양간에 큰 눈 껌벅이며 아버지가 끓여주던 여물을 먹고 무거운 쟁기 매달고 논갈이 밭갈이 하던 황소의 눈을 연상하게 된다. 재래식 농사에서는 없어서는 안 될 황소는 농가의 재산목록에서 큰 비중을 차지했다. 화자는 기억 속 황소의 젖은 눈을 끌어다 시의 그늘 위에 올려놓고 그림을 그리고 있다. 아버지의 구령에 맞추어 논과 밭을 갈던 황소의 순연한 몸짓이 느릿느릿한 걸음으로 걷고 있다. '가만히 고개 끄덕이며/이랴 하는 구령에 따라/온 힘 다하여/쟁기 밀고 앞으로 나아가고/워 워 하면 조용히 섰다/힘들어 침 흘리면서도/해찰하지 않고 일하는 소' 그 젖은 눈의 소는 혹시 그를 몰던 아버지의 화신은 아닐까 상상하게 된다.

김문한 시인의 두 번째 시집 읽기를 이렇게 마무리한다. 문학은 작가의 일상 속에서, 일상과 함께 공존해야 한다. 흔히 말하기를 '일상처럼 써라'라는 교시가 있다. 늘 끊임없이 써야 한다는 것이다. 문학인들이 담아야 할 치열한 작가 정신이며 당연히 실천해야 할 필수조건이다. 김문한 시인이야말로 어느 하루도 시를 떼어놓고 생활하지 않는다고 믿고 있다. 그 치열한 탐구와 창작 정신이 결실을 이루었다. 제아무리 뒤늦은 시문학 입문이라 하더라도 오늘의 큰 성탑을 이루는 성과를 세울 수 있었던 것은 부단한 노력의 결과이다. 이제 이 두 번째 시집의 마무리는 새로운 시작의 의미가 될 것이라 믿는다. 더 높은 시문학의 성과를 기대한다.

그리움
간직하고

김문한 시집